文芸社セレクション

きみがいた場所

木村　富美子
KIMURA Fumiko

文芸社

目次

きみがいた場所

「あッ猫」

幼稚園バスのバス停への坂道にさしかかった時、自動販売機の上にみどりは真っ白な猫をみつけました。

「あらっほんと。真っ白でかわいいわねえ」

背の高いママがそっと手を差し出すと、猫はその手の先に鼻を近づけてくんくんとにおいをかぎました。

「まあ、まあ、ごめんなさい。何もいい物持っていないわ」

ママはその猫の頭をそっとなでてやりました。猫はうれしそうに頭を右に左にゆらし、それはまるでこっちもなでて、今度はこっちよ、というふうでした。


その日から毎朝猫は自動販売機の上からみどりたちを見送るようになりました。冬の陽ざしをあびて毛先がきらきらと輝きます。ホワイト、と名まえもつけました。話しかけると言葉の合間に目を細めて返事をしました。

「おはよう、ホワイト」

「ミャー」

「みどりのお弁当と同じ、鮭とちくわを持ってきたわ」

「ミャー」

午後、みどりたちがにぎやかにバスを降りると、ホワイトはどこからか必らず現れま

す。みどりたちが坂道を上る間、後になり、先になりしながら飛びはねます。でも、みどりの家がある曲がり角まで来ると、いくら呼んでも動こうとはしません。みどりが角を曲がると坂道のあたりへ走って帰ってゆくのでした。

「ホワイト、うちのこになればいいのに」

それはママも同じ考えでした。でも、みどりの家にはずっと以前からバルという三毛猫がいて、ママは何度かホワイトを引き合わせてみたのですが、どうしても仲良くなれそうにありません。おたがい毛を逆立ててにらみ合い、飛びかかろうとするありさまで、ママはとても辛い気持ちになるのでした。

二月の寒い朝、みどりは自動販売機の上にホワイトともう一匹、飼い猫らしく赤い首輪をつけた白と黒のトラ猫を見つけました。

「ホワイト、おはよう」

「ミャー」

「おともだち?」

「ミャー」

それからいく日か、二匹はある時は日なたぼっこしたり、ある時は小雪のちらつく中を追いかけっこしたりしてすごしました。みどりが食べ物を持っていっても、ホワイトはチ

ラと見るだけで、そばへやってくることをしません。

「トラ猫がはずかしがり屋さんなので、ホワイトはかれに合わせているのよ。そっと置いておきましょう」

とママは言いました。

陽ざしがやわらいで暖かな日が多くなりました。みどりは大きな声で卒園式の歌を歌いながら坂道を通ります。自動販売機の上ではホワイトが、歌声の合間、合間にミャーと声をかけます。

「赤ちゃんの分もしっかり食べてね」

ママはきちんとそろえた足もとに食べ物を置いてあげます。ホワイトのおなかは春の訪れとともに、少しずつ大きくなってゆきました。

春休みのある日、自動販売機の管理をしているおばさんがみどりとママに声をかけました。

「その猫、おめでたね。安心して産める場所をこしらえてあげなくてはね」

それからおばさんは次のような話をしてくれました。何年か前の夏の日、ダンボール箱に入れられて坂道の下に捨てられたこと。迎えに来てくれるのではと、三日三晩その箱で待っていたこと。四日目にフラフラと出てきて、おばさんの家の犬の飲み水を飲んでからこのあたりに住みつき、人にはなつくけれどここを離れないノラ猫になったことを――。

そのおばさんも雪のちらつく日など何度も家に入れたのに、戸が開いたおりを見ては飛び出していったというのです。

「捨てられたから、もう人を信じないのでしょうか」

ママはちょっぴり涙を浮かべて尋ねました。

「いいえ、自分で生きてゆける猫に成長したのよ。この猫にとっては自由でいることがとても大切なことなのよ」

おばさんはやさしく笑ってこたえてくれました。

いく日かして、みどりはおばさんの家の車庫の奥に、毛布をしいた木箱の中で大きなあくびをしているホワイトを見つけ、とってもしあわせな気分になりました。


「ホワイトが赤ちゃんを産んだよ」

みどりは一年生になり、学校生活のリズムにちょっぴりなれた初夏の日、息をはずませて家にたどり着くや、大声でママを呼びました。ママは、ランドセルをおろしたばかりのみどりと車庫へかけつけました。木箱の中には寄りそって眠る毛糸のポンポン玉みたいな四匹の子猫たち、そしてやさしく見守るホワイトがいました。

「ママになったのね、がんばったのね、えらかったわね」

ホワイトの頭をなでながら、ママの目から涙がポロポロと流れました。

「ママ、泣いてるの？」

「みどりが産まれた時を思い出したの。あの時も泣いたのよ……」

子猫たちがみすみすノラ猫になるのはかわいそう、とママはもちろん、おばさんや近所の人たちも手伝って、里親探しがはじまりました。三匹はかわいがってくれる人が決まったのですが、ホワイトと同じ真っ白な毛並み、ブルーの瞳の一番小さな子猫が残りました。でも誰もその子猫に手は出せませんでした。一匹、二匹……と子猫たちが消えた淋しさに、ホワイトはたった一匹残ったその子猫をとてもかわいがり、片時もそばを離れなかったからです。

コロコロに太ったジュニアの首のうしろをくわえて、ホワイトは自動販売機の上につれてあがり、道行く人を見ています。それは誰もがホッとするようなやさしい風景です。ホワイトとジュニアはもうノラ猫なんかじゃありません。みんなの猫なのです。

そして——

朝晩にやっと秋の気配が感じられる頃、今ではひとりで自動販売機の上にのぼれるようになったジュニアが、くりくりした目を周囲に向けてチョコンとすわっています。いつも寄りそっていたホワイトの姿はありません。死ぬ時が近づいた猫は、かわいがってくれた人に最期の姿を見せないものだということを話には聞いていたのですが、みどりもママも

口にはしませんでした。

「猫の世界には縄張りというのがあって、ホワイトはきっと自分の縄張りをジュニアにゆずったのよ。やさしい、この世界を……」

ママは自分自身にも言い聞かせるようにそう言いました。

みどりには、どこかでだれかにミャーとこたえるホワイトの声が聞こえるようでした。

白い猫のいた窓

おばあさんは一か月前になくなった猫のゆめを見て目がさめました。

「ふうちゃん……」

ずいぶん前におじいさんがなくなり、ひとりになったおばあさんは、話し相手だった猫の名まえを、ひさしぶりに声に出してよびました。日に何度となくよびかけた名まえでした。朝、目がさめるとまず、

「ふう、おはよう。きょうもよろしくね」

と頭をなでました。夜、ふとんにはいるときには、

「ふう、おやすみ。きょうもありがとうね」

とぬれたはな先にほっぺたをよせたものです。ひさしくよぶことのなかった名まえ……雨戸をしめた暗いへやの中で、おばあさんはもう一度目をとじてゆめを思いかえしました。ふうは若いころのように元気いっぱいにどこか森の中をかけめぐっていました。

（ふうは死んだから……ここは天国かしら）

ゆめの中のおばあさんはそう思ったものですが、よくよく思いかえしてみると、森だと感じた木々は、おじいさんが手入れをしていた玉つげやさつきの植えこみであり、ふうがのぼれるようにと植えたあんずの木でした。天国だと思ったその風景は、おばあさんのうちの庭だったのです。

（ふうちゃん、ふうちゃんはうちの子になってしあわせだったのかもしれない……）

ふうは十九年をおばあさんの家でくらしました。おしまいの一年は寝てばかりで、足をふんばっておしっこやうんちができなくなったころ、なにも食べなくなりました。いつもお世話になっていた動物病院の先生は、

「寿命です。もうどうしてやることもできません。長いこと、よくがんばったなあ」

と、ふうの頭をなでてくれました。

ふうの火葬をしてくれた係の人は、

「天寿をまっとうしたのですね。病気でなくなったのではないので、きれいな、みごとなお骨です。しあわせに生きた猫ちゃんですね」

と、手をあわせてくれました。

しかし、それらのことばはなんのなぐさめにもなりません。おばあさんはこの一か月をただ、ただ泣きくらしたのです。十九年、いつもいっしょにいてくれたあの子を死なせてしまったと。ゆめの中の、ふうの元気なすがたを見て、ふうはしあわせな一生をすごしたのだと感じられるなんて、いちばんつらい時はすぎたということかもしれません。


早おきのふうは、いっしょに寝ていたおばあさんのふとんからぬけだすと、せまい窓わくにすわり、まだ寝どこにいるおばあさんに、雨戸をあけるようせがみました。年をとり、庭であそぶことが少なくなったふうは、長い時間をその窓辺ですごしました。

ふうがなくなり、ふうが見ていた風景を見るのがつらくて、おばあさんは雨戸をしめた

ままにしていたのですが、ひさしぶりにガラガラとあけてみました。まぶしい朝日がさしこみ、あかるくなった窓辺に、ふうの白いせなかが光るようでした。

おばあさんはゆめの中のふうにせきたてられるように、ほったらかしにしていた庭の手入れをすることにしました。ふうが庭をかけまわっていたころ、虫やトカゲを追いかけやすいように、植えこみにすきまを作ってあげたことを思い出したのです。玉つげやさつきの枝をととのえ、根もとの草をぬきとりました。

（ふうちゃん、いつでもあそびにおいで）

また走りまわれそうです。朝つゆで足がびしょぬれになることもありません。おばあさんはまた、ふうのゆめを見たいと思いました。

（さて、あんずの木……）

おばあさんはため息をつきながら、のびほうだいに枝をしげらせたあんずの木を見上げました。高枝ばさみは重たくて、おばあさんの手にはおえそうにありません。

ちょうどその時、学校帰りの高校生が自転車をとめ、かき根ごしに声をかけました。長い間雨戸がしまったままなので気になっていたこと、猫は元気にしているのかと聞くのです。

「ぼく、牛乳配達をしているんです。毎朝、重い自転車をこいでここの窓の下にくると、窓辺の猫が『がんばれ、がんばれ』と言うようにしっぽをふってくれるんです。ホワイトがはげましてくれるから、アルバイトをつづけてこられたと思います。白い猫なのでかってにそうよんでいました。ホワイトってよぶとしっぽをふってくれたのでそうなのかなと」

「あら、まあ」

おばあさんは話をきいてあたたかな気持ちになりました。だからふうが死んでしまったことを、なみだをながすことなく話すことができました。それははじめてのことでした。

「あなたのようなお友だちがいたなんて、ふうはたのしみにしていたんでしょうね。あなたが通りかかるのをまっていたんでしょうね」

高校生はしばらく窓を見上げたあと、ちょっとはな声で言いました。

「ぼく、好きでしたよ」

そしてなみだぐんだ目をパチパチまばたきしました。

「それ、やりましょうか」

おばあさんの手から高枝ばさみをうけとると、よぶんにのびた枝をはらいはじめました。

「あらあら、ありがたいこと。ふうのごえんかしらねえ」

「こういうの、くようって言うんですかね」

チョキン、チョキンとかるい音をたてて枝をはらいながら、牛乳配達で見聞きしたふうにかかわる話をしてくれました。

ここの坂道の下の高山さんの犬は、最近太ってきたからかさんぽをいやがり、すぐすわりこんでしまうとか。でも高山さんが、

「窓からシロが見ているよ」

と言うと大よろこびでここまで走ってきたそうな。犬はまっ黒なのでクロという名まえ。よって高山さんにとってのふうはシロ。

おばあさんのうちの前を通って幼稚園にかようはるなちゃんは大の牛乳ぎらい。猫が大好きなので、ママが窓辺の猫をミルクとよんでいるうちに、はるなちゃん、牛乳がのめるようになったとか。


「あらあら、ふうにはお友だちがいっぱいいたのね」

チョキン、バサ。チョキン、バサ。

「名まえもたくさんつけてもらってね」

あんずの木は見ちがえたようにすっきりときれいになりました。


そんなことがあってから、毎朝おばあさんは二階の雨戸をあけるようにしています。窓から見おろしていると、ガチャガチャと自転車につまれた牛乳びんの音。高校生のかれです。

友だちです。

「おばあさん、おはよう」

おばあさんの朝いちばんの声かけです。ふうがめぐりあわせてくれた朝いちばんめのお友だちです。

できるかぎり庭の手入れをします。近所のノラ猫がおばあさんの庭をかけぬけることもあります。

「気をつけるんだよ」

「おなか、すいていないかい？」

ノラ猫の友だちもふえました。

庭に出ていることが多くなり、通りすがりの人と会話がはずみます。

はるなちゃんとママともすっかりなかよしになりました。

高山さんのクロは、おばあさんのすがたを見かけると、高山さんをひっぱってうちまでかけてくるようになりました。

「クロちゃん、きてくれてありがとうね、はい、はい。いい子ね」

おばあさんがクロのからだ中をなでまわすと、うれしそうにおなかを見せてねころびますが、その目は窓をしっかりと見上げています。クロにはふうが、いいえ、クロにとってはシロが見えているのかもしれません。

郵便はがき

料金受取人払郵便

新宿局承認

2523

差出有効期間
2025年3月
31日まで
（切手不要）

160-8791

141

東京都新宿区新宿1－10－1

(株)文芸社

愛読者カード係 行

お名前《ふりがな》		明治 大正 昭和 平成 年生 歳
ご住所《ふりがな》	□□□-□□□□	性別 男・女
お電話番号	（書籍ご注文の際に必要です）	ご職業
E-mail		
ご購読雑誌（複数可）		ご購読新聞 新聞

最近読んでおもしろかった本や今後、とりあげてほしいテーマをお教えください。

ご自分の研究成果や経験、お考え等を出版してみたいというお気持ちはありますか。

ある　ない　内容・テーマ（　　　）

現在完成した作品をお持ちですか。

ある　ない　ジャンル・原稿量（　　　）

書　名			
お買上 書　店	都道　　　市区 府県　　　郡	書店名	書店
		ご購入日	年　月　日

本書をどこでお知りになりましたか?

1.書店店頭　2.知人にすすめられて　3.インターネット(サイト名　　　)

4.DMハガキ　5.広告、記事を見て(新聞、雑誌名　　　)

上の質問に関連して、ご購入の決め手となったのは?

1.タイトル　2.著者　3.内容　4.カバーデザイン　5.帯

その他ご自由にお書きください。

(　　　)

本書についてのご意見、ご感想をお聞かせください。

①内容について

②カバー、タイトル、帯について

弊社Webサイトからもご意見、ご感想をお寄せいただけます。

ご協力ありがとうございました。

※お寄せいただいたご意見、ご感想は新聞広告等で匿名にて使わせていただくことがあります。

※お客様の個人情報は、小社からの連絡のみに使用します。社外に提供することは一切ありません。

■書籍のご注文は、お近くの書店または、ブックサービス(0120-29-9625)、セブンネットショッピング(http://7net.omni7.jp/)にお申し込み下さい。

「ここには猫がいましたよね?」

「ええ、……」

「そうですか、なくなったのですか」

どんな猫だったのかと聞かれるたび、おばあさんはニッコリほほえんでこたえます。

「毎日がいそがしくて、毎日が楽しそうでしたわ」

ぶちねこ　ジョイ

ミーオ、ミーオ……

街灯にてらされたいちょうの木の根もと、ダンボール箱の中で、まっ白な毛なみの子ねこが一ぴき、ふるえながらないています。高い街灯、LED電球の青白いあかりに浮かびあがった子ねこの白い体は、小きざみにふるえているからか、りんかくがぼやけてたよりなげです。

つい今朝までは、なき声をあげれば母さんねこが聞きつけて、すぐにとんできてくれたものでした。子ねこのそばにはいつもきょうだいがいました。あまえんぼうのきじトラの妹ねこや、やさしい三毛の姉さんねこ、やんちゃだけれど、なにかとたよりになる茶トラの兄さんねこです。ゆうべまでは四ひきはひとつのかたまり、ふわふわの丸いクッションのようにくっついて眠ったものでした。

しかしこの夜、子ねこはひとりぼっちでした。母さんねこやきょうだいねこをもとめて、あまりになきつづけたせいでしょうか、のどがカラカラでした。それにおなかもペコペコでした。そして、なによりもつらかったのはひとりぼっちでいることでした。ダンボール箱の中から見上げる、四角くくぎられた空は、すいこまれるような暗いあい色です。この夜のむこうに朝がやってくることさえ、子ねこにはよくわかっていません。それほど子ねこは小さかったのです。箱がおかれた歩道のすぐそばを、ひっきりなしに車が行きかいます。ときにはびっくりするような大きな音が車からはなたれます。車のタイヤのきしむ音やクラクションの音は、子ねこがはじめて耳にするおそろしいまもののような音

でした。こわくてさびしくて心細くて、子ねこのふるえる体は、あい色の夜空にとけこみそうでした。

季節は初夏、つゆの中休みのよいのうち。夏の夜のお楽しみはまだまだこれからですよというふうに、仕事をおえた人びとが通りにあふれています。のきをつらねた店のショーウインドーからまばゆい明かりが通りにこぼれ、昼間の活気とは別のにぎわいの中、人びとはやっとすずしくなった夕べのそぞろ歩きを楽しんでいます。多くの人は家族の待つ家へと足早だったり、仕事のあとのやくそくの場所へと流れていき、道ばたのダンボール箱の中、子ねこがいることなど気づきもしません。気づいても気にもとめなかったり、自分にはどうすることもできないからと、見て見ぬふりをしたり、見なかったことにしたり。

それでもたまに、これは若い女の人に多いのですが、

「あらっかわいい」

とだきあげても、顔いっぱいに大きな口をあけて必死になく子ねこをよく見ると、

「いやだあ、むり、むり」

とケラケラ笑い出します。だきあげられてはもとの箱にもどされる……。子ねこはすっかりつかれてしまいました。

しめった風がいく分すずしさをつれてきて、人びとは楽しそうに連れ立ち、会話や笑い声があちこちではじけました。

――でも子ねこはひとりぼっちでした。

その日の朝早く、母さんねこから引きはなされた子ねこたち四ひきは、ダンボール箱にいれられ、表通り商店街の歩道のかたすみにすてられたのです。生まれてから一月半。母さんねこのおっぱいをたっぷりのんだあと、きょうだいでコロコロじゃれあったり、ヨタヨタとおいかけっこしたりして、あそぶようになったばかりのころです。まだ世の中のことをなんにも知らない子ねこたちにとって、その日すてられたことは、あらしのようなできごとでした。

同じような家がたちならぶ住宅街の一軒の家のテラスで、いつものように母さんねこは子ねこたちにおっぱいをのませました。おなかいっぱいになった子ねこたちは、そのまま母さんねこの胸の中、おりかさなるようにウトウトとしていました。

「ルルー、ごはんですよお、いらっしゃい」

家の中から女の人の声がしました。母さんねこは口のまわりにおっぱいをつけた子ねこたちの顔をペロペロとなめてきれいにすると、そっと立ちあがりました。中には行かないでそばにいてと、手をだす子もいましたが、母さんねこはその子の手もそっとなめると、女の人の声がした家の中へと走って行きました。

ふたたびウトウトとしだしたそのときです。子ねこたちはがっしりした男の人につまみあげられ、ダンボール箱の中へとおしこめられました。首をのばしてよく見ようとすると、上からふたをしめられ、なにも見えなくなり、ガタガタとなにかかたいものの上に箱ごとくくりつけられました。なにがあったのか、どうなるのかわからないまま、子ねこたちは大声で助けをもとめましたが、その声は箱をつんだ自転車のキィーキィーなる音にかきけされました。家の方から自分たちをさがす母さんねこの声が聞こえたような気がしましたが、それもつかのま、自転車はぐんぐんと家から遠ざかりました。

自転車がゆれるたび、中の子ねこたちは右へ左へところがり、ぶつかりあいました。そんなことをくりかえすうち、男の人は自転車をとめ、箱を道ばたにそっとおろしました。ふたをあけ、子ねこたち一ぴきずつの頭をなでました。

「ごめんな、飼ってあげられなくて。だれかにかわいがってもらうんだよ」

その人はぎゅっと目をつむり、子ねこたちを見ないようにして自転車にまたがると、ペダルに力をこめて来た道を帰ってゆきました。

最初に子ねこたちに気がついたのは、自転車でやってきた牛乳配達の青年でした。

「なんだ、なんだあ?」

荷台の両わきにさげた牛乳ビンのバッグをガチャガチャならして、サドルからひょいととびおりると、重そうに自転車をとめました。青年は箱の中の子ねこたちを見おろすと、チッと舌うちをしました。子ねこたちは首をちぢめ、箱のすみにひとかたまりになっていました。

「なんてこった、しかたないなあ」

かれは配達バッグの中から牛乳を一本とりだすと、なれた手つきでふたをとり、近くに落ちていたプラスチックのトレーにポタポタとたらし、箱のすみにおきました。

「ほら、のみな」

母さんねこのおっぱいしか知らない子ねこたちにとって、牛乳を舌でなめるなどはじめてのことでした。箱のすみでおしあいへしあいしているうち、なんでもまっ先にやってみる兄さんねこがトレーに顔をつっこみました。そのいきおいが強すぎて、なめるどころか顔じゅうが牛乳まみれとなり、はな先から入った牛乳を、ツパッッツパッとむせてしまうことに。見かねた姉さんねこが兄さんねこの頭をおさえて、やさしく顔をなめました。箱の中に母さんねこのおっぱいににた、あまいにおいが広がりました。

「なんだよ、へたくそだなあ」

青年はあきれたように、でも思いやりをこめてしんみりと言いました。

「そのうちだれかがなんとかしてくれるからな、がんばれよ」

青年はのこりの牛乳を一気にのどに流しこむと、自転車をゆらし、なんどもふりかえりながら行ってしまいました。

つぎに通りかかったのは新聞配達の男の人でした。ボッボッボッとオートバイのエンジン音をひびかせて箱のそばまでくると、足を地面につけてとまりました。ぬいだヘルメットをわきにかかえて中をのぞきこんでいます。子ねこたちはエンジンの音としん動におびえて声が出せません。その人はしばらく子ねこたちを見ていましたが、こまったものだというように首をふると、フルフェイスのヘルメットをふたたびかぶり行ってしまいました。

まだ人通りが多くなる前のこと、いつも母さんねこのおっぱいをひとりじめしては、いちばんたくさんのんでいた兄さんねこは、きょうだいの中でとりわけ大きくて、なんども箱のへりにとびついたりしているうち、てっぺんにつめがひっかかり、よいしょと体をもちあげて外へところがり落ちることができました。

「あっ」

ほかのねこたちがびっくりして首をのばしましたが外のようすは見えません。箱のまわりをくんくんとかぎまわっていた兄さんねこは、いつものやんちゃな気もちも手つだって、こんなところにいてもしかたないと、どこかへ行ってしまいました。子ねこたちはできるかぎり、兄さんねこのにおいをさがしましたが、それも遠くなりました。

「あら、かわいい三毛ねこだこと」

母さんねこがそばにいないとき、子ねこと妹ねこをあまえさせてくれた姉さんねこは、朝のさんぽ中のおばあさんがだきあげてつれて行きました。

しだいに人通りが多くなってきました。仕事にむかう人、学校へいそぐ人が足早に通りすぎます。初夏の朝日はすぐに頭上へとのぼり、それにともなって、気温もぐんぐんと高くなりました。のこされた子ねこと妹ねこがぐったりしていると、

「おやおや、すてられちまったかい？」

つえをついて歩いていたおじいさんが、つえの先で箱をトントンとたたきました。

「おうい、だれかこのねこたちを木かげにはこんでやってくれんかあ」

おじいさんの声に、通りすぎようとした男の人がもどってきて、いちょうの木の根もとに箱をおいてくれました。葉がよくしげっていてかげになっているし、木の周囲は四角い草地になっていてひんやりしています。

「はい、ごくろうさん」

おじいさんは男の人に礼を言うと、つえの先でチョンチョンとねこたちの体にふれ、

「だれかにひろってもらうんだよ、おチビさんたち」

そしてふたたびコツコツとつえの音をひびかせて行ってしまいました。

よちよち歩きの子どもが箱の中をのぞきこみました。

「ママぁ、見て、見て。ねこがいるよ」

若いお母さんはダメダメと子どもの手をひき、箱の中など見むきもしません。さんぽの犬が息をはずませてかけよってきてほえたてたり、くんくんにおいをかいだりしました。こちらも飼い主がダメダメとリードをひっぱり、犬を箱からひきはなしました。子ねこと妹ねこは箱から出ることもできず、おなかをすかせてミーオ、ミーオとなきながら、通りすぎる人々にむかって首をのばし、エンジン音をひびかせて走りさる車には、体をよせてふるえていたのです。

夕方近くなったときのことです。

なみだと目やにで目をあけていられなくなったおたがいの顔をなめていると、四人の子どもたちがダンボール箱をとりかこみました。

「わあっ、ねこだ」

「すてねこだあ」

「かわいいなあ」

「連れてかえったら、母さんおこるかな」

「ヒロくんち、ねこいるじゃん。だいじょうぶ、おばさんおこんないよ」

「だめだよ。母さん大へんだっていつも言ってるし。おれんとこより、ヨウちゃんはどうなのさ」

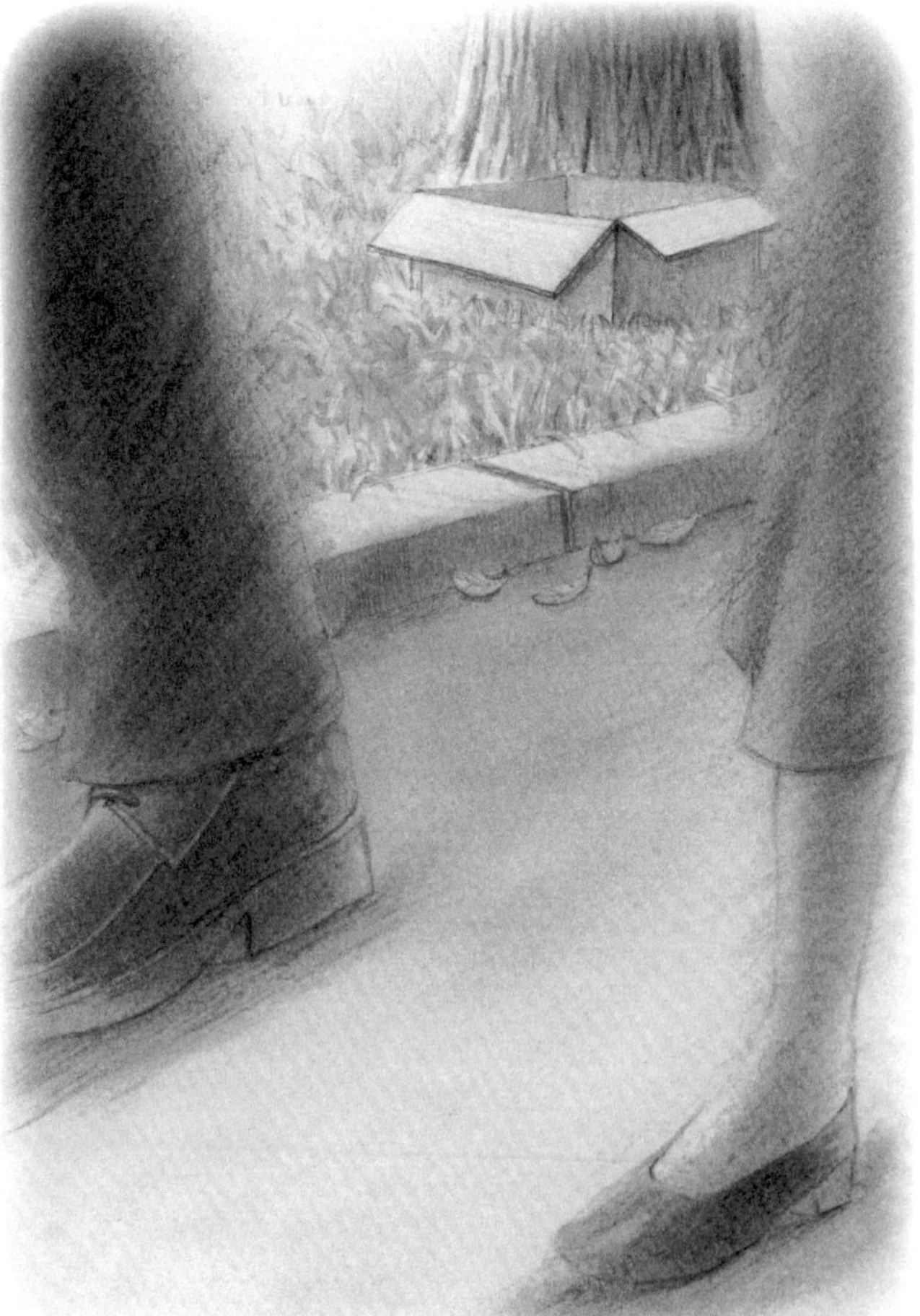

「うち、犬いるしなあ」

ヒロくんとヨウちゃん、男の子二人がそうだんしているうしろでのぞいていた女の子が、

「わたし、この子がいい」

きじトラの妹ねこをそおっとだきあげました。妹ねこはこわがって小さくミャーとなきました。かぼそい、きえいりそうな声でした。女ん子はよしよしとほおずりすると、

「ママに聞いてみる」

ぶきような手つきでしたが、だいじそうにしっかりとだきかかえ、妹ねこを連れて帰りました。

その子につられたようにヒロくんは手をのばしました。

「きめたっ、つれて帰ってみるか」

うずくまって箱の底にしがみついていた子ねこをだきあげ、顔を見たヒロくんはケラケラと笑い出しました。

「ヨウちゃん、見て見て」

「うわっ、ユウくんも、ほら見ろよ」

子ねこは雪のようにまっ白な毛なみが全身をつつみ、小さざみにふるえています。毛をさか立てているのでピンク色のはだがすけて見えました。ふわふわとした毛糸のポンポン玉のようです。

ところが顔を見ると、はなから下はコールタールをなめてきたかのような黒いぶちがくっきりとついて、子ねこのすべてのかわいさをこっけいなものにしていました。ヒロくんとヨウちゃんが笑いころげるのを、子ねこはふるえながら聞いていました。

（ボクがいったいなにをしたって言うんだ）

ふたたびもどされた箱の中から、子ねこは男の子たちをにらみかえしました。

「こいつ、ヘンな顔してるからだれも連れていかないんだ」

「そうだ、そうだ」

「ヘンな顔」

「ヘンな顔」

二人が手びょうしをうちながら歌うようにくりかえすのを、ユウくんとよばれたいちばん小さな男の子はかなしそうに見ていましたが、ニコッと笑いかけ子ねこにふれようと手を出しました。あまりにはやしたてられたことや、今日一日笑いものにされたくやしさから、子ねこはそのゆびにカキッとかみつきました。

「い、いたいっ」

ユウくんはあわてて手をひっこめました。

「なんだあ、こいつぅ」

大きな声をあげ、なぐるしぐさをしたのはヒロくんです。

「ヘンな顔してるくせに」

ヨウちゃんも声をあげます。

「おまえなんか、だれも飼ってくれないぞ」

二人は口ぐちに子ねこをののしり、ダンボール箱をくつ先でけりました。ぐらぐらゆれる箱の中で、小さな子ねこの体はバタンバタンとたおれました。

「もう、いいよ。やめてあげて。かわいそうだよ」

とめたのはユウくんでした。

「だってこいつ、かみついたじゃないか」

ヒロくんは少し血がにじんだユウくんの指を見て言いました。ユウくんは手をひらひらふって見せました。

「だいじょうぶ、こんなの。あのさ、このねこ、ぼくらがこわかったんだよ」

「ふうん……」

ヒロくんもヨウちゃんも箱をけっていることが少しはずかしくなりました。行こうか、とうなずきあうと、

「またあした見にこような」

「もういなくなっているよ」

などと話しながら行ってしまいました。

ユウくんは……こんなにちかくでねこを見たのははじめてで、もういちどさわってみたくて、びっくりさせないようにそおっと頭にふれてみました。子ねこのあたたかさとふる

えがつたわってきました。それはぬいぐるみでは感じられないものでした。しばらく子ねこを見ていましたが、ユウくんはくちびるをきゅっとかみしめると、走って二人を追いかけました。……こうして子ねこはひとりぼっちになってしまったのです。

ガラガラガラ。お店のシャッターのしまる音や、かんばんをかたづける音がします。まるで昼のように明るかった商店街が、一つ二つと店をしめはじめ、うすぼんやりとしてきました。人びとのそぞろ歩きもとだえはじめ、道行く人はことば少なく、せわし気に通りすぎるようになりました。にぎやかだったよいのころには聞こえなかった遠くを走る電車の音や、ふみ切りのカンカンとなる音が夜空にひびきます。

子ねこはダンボール箱のすみに身をもたせ、はじめてのひとりぼっちの夜をむかえました。茶トラの兄さんねこは、箱のへりにとびつくことができましたが、子ねこは小さく、何度ジャンプしてもとどきません。ツルツルした箱をよじのぼることもできなくて、カラカラにかわいて、くっつきそうなのどのおくを夜空にむけてないていました。

そのときです。むこうからなつかしいねこのにおいがやってきました。

「……まったく近ごろの若いモンときたら……ブツブツ……」

年とった黒と白のまだらねこがひとり言を言いながら近づいてきました。

「ん？」

こちらもねこのにおいに気がつくと、はなをひくひくさせて、箱のまわりをかぎまわっています。

「フン」

はな先で笑うとうしろ足二本で立ちあがり、ひょいと中をのぞきました。大きな顔が子ねこの上にぬうっとあらわれました。母さんねこの二ばいはありそうな大きなねこでしたが、ごきげんをうかがうように子ねこは声をかけてみました。

「あ、あのう……」

「ん？」

年よりねこはその大きな頭を左右にブルルンとふると、ニタリと笑いかけました。

「あの……」

「なんじゃ？」

子ねこの大きさをはかるように、年よりねこはその小さな体をくんくんとかいでいます。

「ははん。見たところすてられたようだな。まっ、がんばるこった。じゃあな」

「あっ、い、行かないで……ください。」

「そうなさけない顔をしなさんな。一週間もすれば、すてられたこともおっかさんのこともわすれちまうさ。ねこってのはそういうもんさ」

年よりねこは子ねこがあまりに小さかったので、かみくだくようにそう言うと、箱のそばにこしをおろし、うしろ足で首のあたりのノミをはらい、おもむろに毛づくろいをはじめました。

「お、おじいさん。おねがいだからボクをここから出してください」

年よりねこはところどころよれて毛玉になっているのをいいかげんになめまわし、おじいさんと呼ばれたことが気に入らないのか、背すじをシャンとのばすとちょっとにらみつけました。

「フン。おまえさんにはつめがあるだろうが」

「……でも……」

「できないのか。そうか。まあ、今日できないことでも明日にはできるようになっているさ。ねこってのはそういうもんさ」

子ねこは目にいっぱいなみだをうかべて、年よりねこが行ってしまうのではないかと絶望しました。遠くの犬のなき声があたりの静けさをいっそうさびしいものにしています。お店の明かりがまたひとつ消えました。

ふいに子ねこは首のうしろをくわえられ、箱の外へとそっとおろされました。そっちへ行ってはいけないよというときの、母さんねこと同じやり方で。

「うわあっ、おじいさん、ありがとうございます」

「フン」

年よりねこは子ねこのなみだをペロペロとなめ、ついでに耳の中まできれいにしてあげました。子ねこは少しらんぼうなその舌のいきおいに、たおれそうになりながらおしりをペタンと地面につけ、前足をふんばってたえました。母さんねこにくらべるとあらっぽいやり方でしたが、なつかしいやさしさでした。年よりねこは子ねこのはなのまわりの黒い毛をながめて

「ははあん、この黒いぶちのおかげでうれのこっちまったようだな」

うんうん、とうなずきました。

（ぶち？　……男の子たちがはやしたてていたヘンな顔って、このぶちってこと？）

子ねこはこくりとうなずきました。自分が笑われたり、ひとりぼっちになったわけが、まだ見たこともないぶちというもののせいなのかと、ぼんやりですがわかったような気がしました。しゅんとしてしまった子ねこに、年よりねこはなだめるように言いました。

「そうがっかりしたものでもないさ。人間たちが決めるねこのねうちと、わしらがみとめるそれとは大きくくいちがうものでな」

年よりねこはちょっと顔をひき、子ねこを見つめなおすとニタリとほほえみ、ぶちのあたりをペロリとひとなめしました。

「なかなか強そうなつらがまえじゃ。人間たちにはわからんだろうが、わしは好きじゃよ」

「……ほんとう？」

「まあ、一年もすればおまえさんもりっぱなおとなねこになる。もしおまえさんがこのあたりでこわいものなしになっていたとする。このぶちはしるしになるさ。みんながこれをおそれたり、あこがれたりってこともあるさ」

「こわいものなしって？」

「ボスねこじゃよ」

「ボクが？」

「だれにだってチャンスはある」

そういうものかなあと、子ねこはすこしほっとしました。

年よりねこは、ついて来な、としっぽをひとふりすると、商店街のうらの方へと歩きはじめました。表通りとちがい、人も車もまばらで静かです。子ねこはうまく走れなくて、前につんのめりながら一生けんめいおいかけました。箱から出られたこと、ひとりぼっちじゃないことがうれしくて、つんのめったりつまずいたりして転んでも、笑いがこみあげてきました。しようがないなあというふうにためいきをついて、年よりねこは待っててくれました。

お店のうらにある水道のじゃ口からポタポタと水がこぼれています。年よりねこはなれたようすで、顔をよこにし、口をあけてたれている水をのみはじめました。よこ目で子ねこを見るとポカンと口をあけています。

年よりねこは前足を水でぬらし、その手をなめて見せました。それならできそうと、子ねこもおそるおそる小さな手をのばしてやってみることに。

ピチャピチャ、ペロペロ……

「あっ、おいしい。ボク、のどがかわいて」

ピチャピチャ、ペロペロ……

子ねこは口のまわりをびっしょりぬらして思うぞんぶんのみました。


「おや、見かけない子だねえ」

真っ黒なねこが話しかけました。明かりのとどかない暗がりで、金色の目だけが光っています。目をこらしてよく見ると、母さんねこと同じくらいの、きゃしゃな体つきをしためすねこです。子ねこは身をすくめてじっとしていました。

「ああ、そうとも。まだほんのねんねだがね」

「どうすんだい？」

「どうもこうも、まだおっかさんのおっぱいがこいしい赤んぼうなんでね。ちょいとおせっかいをってとこだな」

「あんたもめんどう見がいいね。さすが、昔このかいわいをならしたことはある」

「アハハ。そのうち、ほっつき歩くようになったらよろしくな」

「ボウイのたのみとあっちゃ、みんなほっとかないさ。ぼうや、あんた、ついてるね」

黒ねこは、年よりねこの背中にかくれるようにちぢこまっている子ねこに、ニッと笑いかけました。年よりねことの話はよくわかりませんでしたが、やさしそうなほほえみに、子ねこも首をのばしてペコリと頭をさげました。


黒ねこにしっぽでわかれをつげて、どんどん先を行く年よりねこにたずねました。

「ボウイって?」

「わしの名まえじゃよ」

「な・ま・え」

子ねこはそれまでおじいさんと呼んでいたことを少しもうしわけなく思いました。

「わしはむかし飼いねこじゃったからな。おまえさんにはまだ名まえはないんじゃろ?」

子ねこはやさしかった母さんねこがルルと呼ばれていたのを思い出しました。

「さっきの黒いのはレディだ。レディのいた場所の表はマドンナという居酒屋だ。気がむくとレディは看板ねこをやっている」

「かんばんねこ?」

「客に甘えたり、すりよったり。客の中にはねこ好きなのもいるから、店のマスターもレディが出入りするのを大目に見てるのさ。レディマドンナという歌があるらしい。いつのまにかそう呼ばれている。名まえってのはな、だれかがつけたり、いつのまにかそう呼ば

れたり、自分でつけたってかまわないさ」

「はあ……」

「さあ、ついた。のぼれるかい？」

ボウイはコンビニエンスストアのうらの、つみあげられた木箱のてっぺんをあごでしめしました。下から階段になっていて、子ねこにはとほうもなく高く見えました。

「手をのばすんだ、そう、そうだ」

背のびした子ねこのおしりをボウイははなでおしあげ、のぼりやすそうなところをさがしながら、やっとのことで木箱にたどりつきました。

「ここがおじいさんの……」

「ボウイ」

「ボウイさんのおうち？」

「ボウイでかまわんよ」

ボウイは木箱のおくへどっかりとこしをおろすと、子ねこにそばへおいでと手まねきしました。

「暑くなってきたのでな、このごろはここをねぐらにしている。寒くなったら、ほら、あそこの自動販売機の上に行く。少し音がうるさいが、あったかいんじゃ。自分のいちばんいごこちのいい場所をさがすんじゃよ。ねこってのはそういうもんさ」

「はあ」

　ボウイは木箱のすみにあったスナック菓子の袋をとり出し、子ねこの前におきました。子ねこがポカンとしていると、大きな頭を袋につっこんで口を広げました。おくのほうにいいにおいのするお菓子が見えます。子ねこがかじりつくのを目を細めて見守りながら、ボウイは話しはじめました。

「わしも子ねこのときすてられたんじゃろうなあ、もの心ついたころにははらをすかせて街をさまよっていた。ある日、かわいらしい女の子二人がボール遊びをしておって、そのボールがおもしろくてずっと見てたんじゃ。ねこってのはチョロチョロ動くものが好きじゃろ？　女の子がなげあっているボールが右へ左へ動くのに合わせて、わしの頭も動いた。女の子たちはキャッキャッと楽しそうじゃったから、わしもはらがへっていることなどわすれるほどおもしろくてな、右へ左へとボールを目でおった。そのうち女の子たちはわしの頭が動くのを見て笑いながらボールをなげていることに気がついた。大きい方の女の子がニコニコしながらわしのそばに来て言ったんじゃ。『おうちへ帰ろ』って。もちろんわしにうちはない。帰るところなんてないんじゃが、その子が目をくりくりさせて、帰ろって言ってくれたのがうれしくてな。だきあげてもらったときには、もうはなすもんかと胸にしがみついたんじゃ」

　ボウイをだきあげたのは七歳のサトミ、私もだきたいと背のびしてせがんだのは三歳のトモミでした。姉妹はコロコロ転がるような笑い声をたてながら、ボール遊びをしていた公園を見おろす高台に立つ、大きな洋館へとボウイを連れて帰りました。

一家はほんの十日前、都会のマンションからこの街へ引っ越してきたばかりでした。二人の父親は新しい職場にいそがしく、家の中のかたづけはすべて母親がしていたので、両親に子どもたちをかまってやれる時間はありませんでした。サトミにはまだ学校から帰ったあとに遊ぶ親しい友だちはいません。サトミが学校から帰ると、トモミは姉にくっついてまわり、二人はいつも家の前の公園で遊んでいました。新しい土地、学校に早くなじめますようにと、両親がねがっていた矢先、サトミがねこの子をだいて帰ってきたのです。

姉妹はくちびるをきゅっと真一文字にひきしめ、母親にせまりました。

「ママはおうちのことで手いっぱいなの。まだあけていない荷物だってあるのよ。わかるでしょ？」

「サトミがちゃんと世話をするから、ママ、おねがい」

「トモちゃんもおねがい」

「そんなのはじめのうちだけ。けっきょくはママがめんどうを見ることになるのよ」

「そんなことないわ。ぜったい見るから」

「トモちゃんも見るから」

帰ってきた父親が姉妹と母親のやりとりを見て、いつもはおとなしいサトミがここまで言うのならと、姉妹の味方になってくれました。母親はつぎのことを姉妹にやくそくさせました。

「子ねこはかわいいわ。ほうっておいたらどうなるのかと思って手をさしのべた気持ちはわかるわよ。でもおもちゃじゃないの。わたしたちと同じ命あるものなの。あきたからとか、病気になったからとか、思ってたほどなつかないからとかですてたりしてはいけないのよ。ペットを飼うということは、どんなときもいっしょに、死ぬまでいっしょにくらすということ、守ってあげるということ。わたしたちのつごうでかわいがったり、ほったらかしにしてはいけないのよ。わかる？」

姉妹は一生けん命聞いていました。

「やくそくできるわね」

「はい、ママ。ああ、ママ、パパ、ありがとう。やくそくする」

「トモちゃんも」

二人はかわるがわる両親にだきつきました。

「じゃあ、まず名まえをかんがえましょ」

「この子はオスねこみたいだな。うちへ来たはじめての男の子か。きみたちの弟だね」

父親はちょっとうれしそうです。

「サトミが決めていい？　……ボウイがいい。ボウイにしたい」

黒と白のまだらねこは姉妹の家のねこになりました。

「見たことも、においをかいだこともないごちそうとミルクをくれた。一家がわしをとりかこむように見ておった。そんなにあわてて食べなくてもいいんだとあとで気がついたが、よくかみもしないで、ガツガツむせながら食べたもんじゃ。またはらがへればもらえるなんて思いもしなかった」

子ねこはごくりとつばをのみくだしました。

「しかしそれからが大変じゃった」

「たいへんって？」

「わしのためにとしてくれたんじゃがな。ねこというのは自分で自分を気持ちよくくらせるようにできる。毛づくろいをして身ぎれいにできる。ねこの体は、夏は夏毛に、冬は冬毛にと、いいあんばいになっておる。人間はいろいろな方法、着るものや道具でくらしやすくする。まあ、ねこと人間の力量のちがいじゃな」

飼いねこになることがみとめられたボウイは、まず洗面所につれて行かれました。父親が洗面台にせんをして湯をはります。体がぬれることをきらうねこは、本能的に水の流れる音をいやがります。サトミの手からにげようともがいているうち、父親のがっしりとした手につかまえられ、ためた湯の中につけられました。背中をおさえられたボウイは足をばたつかせましたが、ツルツルすべるし、あばれるとはなに湯が入るし、それは生まれてはじめてのおそろしい体験でした。姉妹はボウイがあばれるたびに顔にかかるしずくでびしょぬれになりながらも、キャアキャア笑い声をたてながら、シャンプーをかけてゴシゴシとボウイを洗いました。身動きできないと知ると、あきらめておとなしくなったボウイですが、シャンプーもまたはじめてのくさくてたまらない液体でした。あわだらけのボウイに、つぎはシャワーです。こわくて目などあけていられません。父親も姉妹もそんなボウイにおかまいなしで笑いころげています。この人たちはなにがそんなに楽しいんだろうと、ボウイはふしぎでたまりませんでした。

「それが終われればママさんが待ちうけておって、タオルではがいじめじゃ。頭の先からしっぽの先までつつみこんで息もできん。やっとタオルがはがされ、フーッと息をついたのもつかのま、ドライヤーというものから熱い風がうなり声をあげてわしの毛をさか立てる。今のおまえさんよりはちいっと大きかったが、子ねこの毛なんてものはそんなに長くはないし、びっしりつまっているものでもない。あっという間にわしはかわかされ、エッヘン、見ちがえるようにきれいにはなったがな」

いいのか悪いのか、子ねこにはよくわかりませんでしたが、熱い風がうなり声をあげて――のあたりでは、子ねこの全身の毛もさか立ちました。

「まだあるぞ。綿棒というてな、細い棒の先で耳の中をほじくるんじゃ」

「きゃっ」

「ねことというもんは体がぬれても自分の舌でなめてかわかすし、耳の中なんぞ自分の足でどうとでもできるのに、こまったもんじゃ」

「はあ……」

「こまったといえば、つめをパチンパチンとちょん切る、あれにはまいったな。歩きにくくてかなわん」

　ねこにはつめがあるから高い所もよじのぼれる、と教えてもらったばかりの子ねこは目をまるくしました。

「首輪もはめられた。飼いねこのしるしみたいなもんだから、がまんもしようってもんだが、ちいとでも動くとすずがなって、うるさくてかなわん。うしろ足でとってやろうとけとばしていると、家の人たちはみんなおもしろがった。わしが遊んでいると思ったようだ。サービスでなんどもやって見せたもんじゃ」

　飼いねこであるというのも苦労があるものです。子ねこがまゆをひそめているので、ボウイはニッコリほほえみました。

「それでもいいことはたくさんあった。ボウイと呼ばれてふりむくと、それだけでみんなはよろこんだ。姉妹はとりがちにわしをだきあげ、全身をなでまわした。ひざの上でウトウトすることもあった。いちばんのお気に入りはパパさんのあぐらをくんだ足の間じゃったな。広いし、あたたかいし、長い間じっとしてくれてるのがよかった」

「食事はさがさなくても、いつもきっちりもらえたし、わしだけのざぶとんはあったし、トイレも作ってくれて、飼うときのやくそく通り、サトミちゃんがいつもきれいにしてくれた。家の中にこわいもの、きらいな人、不満はなにもなかった……」

　子ねこはスナック菓子の袋の底の、粉までなめながらうっとりと聞いていました。

「食べものの心配がないから、ゴロゴロとよく寝た。寝ては起き、起きてはかわいがられ、かわいがられては食べ、食べては寝た。しかしなあ、なれてしまうとありがたいとか、うれしいとか思わなくなるんじゃよ」

「そうなの？」

「わしは出窓から外をながめるのが好きじゃった」

ボウイは出窓から見た外の世界が、なんと魅力にあふれていたかを、なつかしむように語りました。家の前の公園では、春にはウメやサクラがさき、夏にはそれらの木の葉がおいしげって涼しそうな木かげを作りました。秋の夜、ふかふかの落ち葉の下で虫の声の合唱、冬には日だまりが気持ちよさそうでした。

「外へは出られなかったの？」

「ママさんが、あぶないとか、よごれるとかいやがってな。しかし、姉妹が出入りするたびに、よくそばをすりぬけてやったもんさ。パパさんだけが笑って見ていた。ねこなんだからしようがないじゃないかって」

「おうちとどっちがよかった？」

「よくしてもらってるとは思っていたがな。おまえさんにはまだわからんじゃろうなあ」

姉妹に出あう前のボウイは、チビとはいえノラねことして生きていたので、街のこと、きけんなこと、他の動物のことなど少しはわかっていました。

「とび出したときにはさんざん自由に走りまわって、はらがへったり、ねむくなるとプレゼントをくわえて帰ったもんじゃ」

「プレゼントって？」

　子ねこは目をかがやかせてつぎのことばを待ちました。でも遠い目をしてむかしをなつかしんでいたボウイは、首をふりため息をつきました。

「ママさんや姉妹はねこ好きじゃったが、ねこの好きなトカゲやカエル、ネズミやモグラ、こん虫などはどれも苦手じゃった。それはもうキャアキャアと大さわぎで、びっくりしたわしがくわえていたネズミを落としてしまい、そいつが家の中をにげまわったときなんか、ママさん、ぶったおれてしまったもんじゃ」

　子ねこはおそるおそるたずねました。

「ひどくしかられた？」

「そのときはにげたえものをつかまえるのに大いそがしじゃったから、どうということもない。パパさんはわかってくれてな、姉妹に話していた。パパさんも子どものとき、カブトムシやセミをつかまえたって」

「カブトムシ、セミ……」

「まだ見たこともないな。あれはあんまりうまくもないので、おぼえなくてもいいさ」

　トカゲやネズミだって子ねこにはわかりませんが、ボウイがうっとりした目で話すので、なんだかそれはおいしそうでした。

「ママさんがたおれたのは気のどくじゃった。おいしいごはんをくれる人なんだから、大事にしなきゃな。ママさんが金切り声でしかるときは、おとなしくチンとすわって聞いたもんさ。しかられるのなんて、頭の上を通りすぎる風みたいなもんじゃったが、足がよごれたからとふろに入れられたのはこたえたな」

そしてボウイは若い日の恋の話をしました。遠い日をたぐりよせるように話すうち、心にポッと火がともるようなここちよさにうっとりとし、いつのまにか子ねこに聞かせていることをわすれていました。

ジュディーはボウイのくらす高台の家からいくつか角をまがった先の、スーパーマーケットのうらに住みついたまよいねこでした。全身まっ白にかがやくつややかな毛なみと、細く長い手足をしたねこでした。そのよくしなる手足をぞんぶんにのばして、風のようにとぶようにかけるすがたは、ボウイが出窓から見たどの風景よりも美しいものでした。

あんな風に自由にかけまわりたいものだと毎日出窓から見おろしていたボウイに、青い目をかがやかせてジュディーは歌うようによびかけました。

「おりておいで、ぼうや。外はこんなにもきれいな自由の世界だよ。わたしたちには自由がいちばんにあうんだよ」

風のにおいをかぎたい、日の光をあびたい、そしてなによりもジュディーと広い世界をかけまわりたい……。ボウイは強くねがうようになりました。すっかり一人前になったボウイはジュディーに恋をしたのです。

二月の大雪の朝のことです。いつものように二階の出窓から外を見ていたボウイは、まっ白な雪道に動くものを見つけました。長い手足はすっかり雪にうもれ、そおっとふるえながらゆくジュディーのすがたでした。ボウイは全身がカッとあつくなり、いてもたってもいられなくなりました。階だんをころがるようにおりて玄関にむかい、ちょうど雪あそびに出ようとしていた姉妹の足もとをすりぬけて外へとび出しました。

「あっボウイ！」

「ママ、ボウイが出ちゃった」

うしろで姉妹の声がしました。（サトミちゃん、……ごめん）ボウイは足がしずみこんでおもうように走れない道をけんめいにかけました。

雪の中でジュディーに追いつき、はじめてその体によりそったとき、ジュディーの体は思っていたよりずっと小さく、か細いことを知りました。

「寒さにこごえたジュディーをだきしめたとき、わしはジュディーを守って生きていこうと決めたんじゃよ。もうはなすもんかってね」

ボウイは若い日の自分をほめるように力強く言いました。あのころの全身にめぐったドキドキするようなあつい思いが、ふたたび胸の中に息づいています。

「おうちにはもどらなかったの？」

子ねこはたずねました。ボウイはふっと息をはき、首をよこにふりました。

「生きていけるかどうかもわからない、小さかったわしを家族にしてくれた……。サトミちゃんをはじめ、みんなのことは好きじゃったがな」

ボウイに出あったころのサトミは引っこしてきたばかりで友だちがいません。学校からかえるとトモミといっしょにボウイの相手ばかりをしていました。それがやがて「ねこを見せて」と同じクラスの子がたずねてくるようになり、いつしかその子たちとあそびに出かけるようになったのです。ボウイは心の中で、よかったねとほっとしていたのです。

「でもおいしいごはんが……」

おずおずとたずねる子ねこに、ボウイはアハハと笑うと目を細めて言いました。

「うまいものをくうために生きているのではないということさ」

ジュディーにあうまでは、いつでもたべものはたっぷりともらえて、夏は涼しく、冬は暖かなベッドが用意されて、そんなことがあたりまえのくらしでした。

「でもジュディーにあってからは、自分にとっていちばん大切なものがなにかということがわかったんじゃよ」

自分にとって大切なもの？

今の子ねこには、それはとてもむずかしそうだけれど、すてきなことのように思えました。子ねこはキョロキョロとまわりを見わたしました。

「いまジュディーはどこ？」

「心の中……」

雪道でジュディーにおいついたボウイは、ジュディーがすみかにしているマーケットのうら、コンテナのかげへと二ひきでもぐりこみました。コンテナが風よけとなって、雪もふきこんではいません。ボウイはジュディーをつつみこむようにだきしめました。

「ありがとう、とてもあたたかいわ」

「それはよかった。ずっとこうしているよ」

「……あなたにはおうちがあるわ。かえらなくていいの？」

「ここがボクのおうちだよ。きみがそれでいいのなら」

「ずっといっしょに？」

「ずっといっしょに」

二ひきはしっかりと体をよせあい、ひとつの丸いかたまりとなって、寒さをふせぎました。ジュディーはボウイのうでの中で、これまでにはなかったあたたかさとやすらぎをおぼえました。ボウイは……あの高台の家でのみたされたくらしの中では感じたことのない、ふつふつとわきあがる力が全身にみなぎるのを感じていました。これまでの自分とはちがった世界がひらけた——そんなかくごにブルンと身ぶるいしました。

ジュディーとボウイはそのあと長い年月をいっしょにくらしました。少ししか手にはいらなかった食べものをわけあって食べる日もありました。なかよく少しずつ……それはどんなごちそうにもかえられないおいしさでした。雨がつづいて、コンテナのかげでじっと雨やどりする日もありました。身をよせあって雨をよけながらジュディーはよく言ったものです。

「雨の日にこうやってじっとしているのも好きよ。とても守られてるって気がするの」

こがらしがヒューヒューとふきあれる、ねむれない夜には、二ひきはおたがいの体温をのがすまいとぎゅっとだきあって朝をまちました。そして夜があけると、りんとひえこんだ町を二ひきはかけまわりました。口もとから笑いがこみあげるほど、二ひきのくらしはなににもかえることのできない、かけがえのないものでした。

ジュディーにほこれる自分であるために、ボウイは強く気高くなりました。近所のねこたちどうし、決してあらそいごとをゆるさず、また、もてるものをわけへだてなくあたえる、たよれるボスねこになりました。

二ひきはたくさんの子ねこたちの親になり、子ねこたちはボウイとジュディーをお手本にそれぞれに生きがいを見つけ、ひとり立ちしていきました。

「ジュディー、ボクはなんてしあわせなんだろう」

何十回、何百回と口にしたことばでした。

「ボウイ、わたしもよ」

それもまた、何百回も耳にしたことばでした。

しかし時は流れて、ある日、ジュディーからことばは返ってこなくなり、青い目がボウイを見つめることも、ピンクの口もとがほほえみかけることもなくなりました。

「ジュディー、ジュディー……」

ボウイはジュディーが自分のうでの中で死んでしまったことを知りました。ねむっているような、しずかな死に顔でした。ずっといっしょにいてくれてありがとうと、ボウイははじめての涙をながしました。

ジュディーが死んで、ボウイはなわばりにしていたスーパーマーケットのうら通りをさりました。そこにはジュディーの思い出がいっぱいあったし、守るもののいなくなったボウイは、ボスでいる必要がなくなったからです。本通りからはずれたコンビニエンスストアや自動販売機のそばで、ひっそりと年をとりました。が、たまにわずかな食べものをさがして、にぎやかな通りへとボウイがすがたを見せると、どのねこたちもボウイには一目おいていました。ジュディーが生んだたくさんの子ねこたちが成長し、ねこたちの社会を平和で住みよいものにしていたからです。ボウイはある意味で、いつまでもボスねこなのです。

話を聞きおわり、子ねこはむずむずとふしぎな力がわいてくるのを感じていました。あらしのような一日だったので、ボウイの大きな体によりそって、ゆっくりねむりたいと思う一方で、何かふつふつと体に力がみなぎってくるのです。子ねこはブルルンと顔をひとふりし立ちあがりました。前足をつっぱっておしりを落とし背中をまるめ、つぎに体重を前足にかけ、背骨をたわませうしろ足を思いっきりのばしました。四本の足ののびをすると、今朝よりぐんと大きくなったようです。ふととなりを見ると、ボウイはしずかな寝息を立ててねむっていました。むかしは大きくはっていただろうに、たわんだはらが息にあわせて上下しています。子ねこはその中にはなをつっこみ、母さんねこにしたように甘えてみました。やわらかい毛につつまれて、さびしかった気持ちが消えていました。ボウイの寝息にあわせて、子ねこもねむろうと目をとじかけたとき、女の子に連れていかれた妹ねこのことがふとまぶたにうかびました。妹ねこがどこかでないているのではという気さえしてきました。

（あっ、ボク、行かなくちゃ）

子ねこは起こさないようにとそおっとボウイからはなれると、えいやっと木箱からおりて行きました。おしまいの段からとびおりるとき、そのまま地面にたたきつけられるかくごで、ぎゅっと目をつむってとんだのですが、子ねこの四本足はしっかりと体をささえたのでした。ボウイのことばが頭をよぎりました。

――ねこってのはそういうもんさ。

（ほんとだ！　できることがふえている）

「どこへでも行くがいい。おまえは自由なんだから」

ねむっているとばかり思っていたボウイの声がしました。

「ボウイ、ありがとう。ボク、なんだか勇気がわいてきたよ」

「それはよかった」

月の明るい道を、子ねこはダンボール箱がおかれた通りへといそぎました。とちゅう何度も犬のなき声や車の音におびえながら、いく分たしかになった足どりで走りぬけました。居酒屋にさしかかったときでした。

「おやおや、さっきのおチビさん。元気のいいこと」

レディでした。客からもらったビーフジャーキーをかじっています。

「おいしいつまみがあるよ。よって行くかい」

「ありがとう、レディさん。でもボク行かなくちゃ。妹が、いえ、いないのならそれでいいんだけれど」

うまく説明できない子ねこに、レディはほほえんで言いました。

「いつでもおいで。ぼうやはひとりじゃないんだよ」

（どうか妹ねこがぶじでいますように。あの女の子のうちでかわいがってもらえますように……）

ボウイが飼いねこからノラねこになった話は、子ねこに勇気と希望を与えました。それでも子ねこは、あのなき虫であまえん坊の妹ねこは、母さんねこのように飼いねこになれるといいなと思っていました。妹ねこがまたすてられていませんように、箱の中でないていませんようにと願いながら、子ねこは表通りへとむかいました。

「おかあさん、ここだよ。この箱……あれっ、ねこがいない。いなくなってる」

聞きおぼえのある男の子の声に、子ねこは電柱のかげにかくれました。どうやら箱の中に妹ねこはもどされていないようです。男の子のあとからきた母親らしい女の人が、箱の中をのぞきこみました。

「だれかにひろわれたのかしら」

「そんなはずないよ。ヨウちゃんもヒロ君もバカにしてわらったんだよ。おまえなんかだれもひろってくれないって」

「でもねぇ……」

お母さんは身をかがめてあたりを見回しました。箱のそばからはなれようとしない男の子をおいて、お母さんは身をかがめてあたりをさがしました。やさしそうな人でした。

（この人もボクをつれて帰るとお風呂に入れたり、家の中にとじこめたりするのだろうか。いつかボクがもって帰るネズミなんかを見ると、大さわぎするのだろうか。それから、それから……）

子ねこはせいいっぱい身をちぢめてかんがえていました。

「せっかく名まえまでつけてむかえにきたのになぁ」

（名まえ？）

子ねこはそっと首をのばして、男の子の顔をのぞき見しました。

（あっ、ボクが指にかみついた子だっ）

男の子はダンボール箱のそばにしゃがみこんだまま、べそをかいていました。お母さんは男の子のなみだに気づかないふりをよそおって、その肩をポンポンとたたきました。

「きっとだいじょうぶよ」

「だれかにひろわれたのならいいけど」

「そうね、そうだといいわね」

「自分でここから出たのかなあ」

「そうかもしれないわね」

「だいじょうぶかなあ」

「……もしもね、ノラねこになったとしてもそれがふしあわせとはかぎらないわ」

「ほんとう？」

「ユウ君みたいに、だれかのほんの少しのやさしい気持ちに出あえることだってあるわ」

男の子はばんそうこうをまいた指でなみだをぬぐうと、お母さんを見上げて、少し元気な声で言いました。

「きっとだいじょうぶだよね」

「ええ。さあ、帰りましょ」

お母さんの出した手につかまって、男の子は立ちあがると、

「おやすみ、ジョイ。元気でね、ジョイ」

まるでそこにいることを知っているかのように、電柱のかげにむかって言いました。

（ジョイ……ボクの名まえだ！）


子ねこは、ふりかえりふりかえりふりかえりしながら、お母さんと手をつないで来た道を帰ってゆく男の子の足もとに、じゃれつきたい思いを必死でこらえていました。

『きっとだいじょうぶよ』

『きっとだいじょうぶだよね』

やさしい親子の声が、子ねこの頭の中に何度もこだましました。

（ありがとう、ユウ君。ボク、がんばるから。ボク、がんばるからね）

著者プロフィール

木村 富美子（きむら ふみこ）

滋賀県在住。

介護のため、自宅で開設していた学習塾を閉めて、現在は夫と猫との3人（？）ぐらし。

19年そばにいてくれた愛猫バルセロナが教えてくれたこと、感じさせてくれたことをちりばめてお話にしてみました。

猫が好きな方、そうでない方、また、猫とくらしてみたいお子さんたちに何かを伝えられたらうれしいです。

本文・カバーイラスト　石黒しろう

きみがいた場所

2021年５月15日　初版第１刷発行
2024年12月20日　初版第２刷発行

著　者　木村 富美子
発行者　瓜谷 綱延
発行所　株式会社文芸社
〒160-0022　東京都新宿区新宿１－10－１
電話　03-5369-3060（代表）
03-5369-2299（販売）

印　刷　株式会社文芸社
製本所　株式会社MOTOMURA

ISBN978-4-286-22295-0